一本の樹木のように

佐藤モニカ詩集

Monica Sato

詩集　一本の樹木のように　＊　目次

Ⅰ

Ⅱ

装画・装幀　野原文枝

I

きょうは

きょうははるだからおそらがきれい
おきぬけにおまえがいった
かーてんのむこうがわで　はるのひかりが
わたしたちおやこをまちかまえていた

わたしの一日に

どんなに美しい音楽も
明け方の鳥たちのさえずりにはかなわないだろう
それは実に多くの示唆に富んでいて
さらには　一日の始まりを飾るのに
相応しい華やかさを持ち合わせている
そうでなければ　誰がこれに耳を傾けよう
まだ明けきらぬ　わたしの一日に

バスを待っていた

おまえとバスを待っていた
黄色いバスを待っていた
桜の木のとなりで待っていた
辺りはやわらかな日差しに包まれて
今日は猫たちも眠たそう
風が幾度も吹いてゆくのは
桜を美しく咲かすためなのか
桜を眺めるためなのか
いつの日か思い出すことだろう
この懐かしい風は
おまえとバスを待っていた風と

にんじん

にんじんを切る
キャベツを切る
玉ねぎを切る
トマトを切る
じゃがいもを切る
パプリカを切る
切りながら、私は思うのだ
今日一日おまえが楽しく過ごせたかと
幼稚園で泣かずにおれたかと
友だちとけんかはしなかったかと
園庭で転んでいなかったかと
先生に叱られやしなかったかと
たくさん笑い

たくさん走り
たくさん食べ
たくさん遊び
たくさんの楽しいがあったかと
それから　たぶん
たくさんの失敗をしたことだろうと
けれどもそれらはすべて　おまえを育てる種なのだ
後にきっと　たくさんの花を咲かせることだろう
さてと　今日はこれからなにを聞こう

恐竜

おまえがある時、わたしに尋ねた

ねぇ、ママは知ってるかな
ティラノサウルスがどうして怒っているか
あのね、どうしてかっていうとね
このティラノサウルスはお母さんなの
それでこどもの恐竜が
敵の恐竜に狙われたから
ガォーって怒っているの

それならわたしもよく知っている
母猫も子猫が敵に狙われたときには
物凄い勢いでシャーと怒るんだ

普段はやさしい母猫もここぞとばかり
物凄い勢いで怒るんだよ

おまえの前にいるこのママだって
おまえを守るためにガォーでもシャーでもないが
敵に向かって　きっと威嚇をすることだろう

でも、いつの日か泣くこともあるかもしれない
おまえをうまく守りきれずに
おまえではなく
わたしが　自身の無力さを感じて

風の吹く場所

家の近くに一日中よい風の吹く場所があります
ほんの三十センチ立ち位置を変えたとて
そんなに風が変わるものでしょうか
いえいえ、それがあるのです
けれども　多くの人たちは
それにはまったく気づかずに
行き過ぎてしまうことでしょう

見上げれば、明るい日もさして
わたしはおまえにそっとこの場所を教えます
人生もまた、そのようなものと思いつつ……

はるのひ

とおいうみからやってきた
わたしたちだときづきます
かいすいのなかのりょうあしの
つめがかいがら　そっくりで

ある瞬間

ある瞬間　不意に子どものなかに
自分の姿を見ることがあります

夕焼け空のなか
ぽっとひとつの星が瞬きだすときのように
慈しみ、尊び　つくづくと眺めるのです

ひまわり

八月は私の生れ月と
言ったのは
三好達治だったけれど
わたしもまた　八月は生れ月

八月生れの純粋な
そうだ　きっといいに違いないと
ひまわりのように
なるべく　明るい方へ明るい方へ
顔を向けようとするのは
この月生れの　生来の特性なのかもしれず

誰かがわたしの詩を読んで

まあ　なんてお気楽なと
言ったとか言わないとか
いえいえ　別の方*はまた
太陽の明るさをめざす意志の力を感じます
と手紙をくれ

この方はきっと
まぶしさゆえの
影の暗さというものを
よくよくご存じなのでしょう

それはそうと　見てください
今日はまた　ずいぶんと
ひまわりがきれいに
咲いていますこと

*歌人の藤島秀憲さんの奥様・誉田恵子さん

きんいろの

きんいろのひとみのなかに
わたしによくにたひとがいて
どんなひとかとのぞきこめば
ねこはただ　のどをならすばかりなのです

訪問者

ある日、長年一緒に暮らした猫《こ》にそっくりな猫がベランダへ遊びに来た。私がベランダで洗濯物を取り込んでいた時のことである。こんなことは全く初めてのことであって、私は胸の高鳴りを、興奮を、この猫に伝えぬよう、驚かせぬよう、平静を装いながら、ごはんをさし出した。部屋にいた夫に「そおっと見てよ、びっくりするからね」と言いながら、そう言っている私の声が上ずっているのを感じた。毛色から毛の一本一本の柔らかさ、瞳の色から頭の大きさ、尾の長さにいたるまで、亡くなったあの猫にそっくりであった。こんなこともあるのだなあとなつかしく、不思議な思いで、その猫を見つめていた。どこかで飼われている猫なのかしら。この近所では見かけない猫だけれど。こんなに似ているのだもの。ご縁があれば、ぜひわが家に来てほしいものだ。夢から覚めた後、それが他でもない、あの猫だったことに気がついた。夢の中の私は、夢であることにまるで気づいていなかったのだ。それから、私は洗面所で顔を洗った。鏡に映る私の顔が今朝は驚くほど晴れやかであった。

秋の散歩道

まだこどもが小さかったとき
抱っこ紐にこどもを入れて歩いた
こどもは私の胸の鼓動を聞きながら
いつもおとなしくしていた
泣きわめくようなことは
いっさいなかった

だんだん胸元のこどもが重たくなって
ある日　私の両足は土にめり込むような感じになった
それは　これまで感じたことのない感覚であった

いや、一度のみあった
あれは　お腹にこどもを宿していたとき

妊娠後期のいよいよ生まれるという最後の週、
あのときもまた　私の両足は土にめり込むような感じであった

これが命を支えるということか
私の腰はぴりりぴりりと
ひびが入り、今にも割れそうであった

よく晴れた　秋の散歩道で
たくさんの実を抱えた
樹木を見上げながら
その時のことを
つくづくと　懐かしく思い出す

夏の終わり

夏の終わりに
高台にあるホテルのプールへいった
ひとしきり泳いだあとは
デッキチェアから　遠くの海を眺めていた

その海には
水平線がまっすぐきれいにひかれていた
几帳面で真面目なひとが引いた線のように
実直で迷いのないひとが引いた線のように
まっすぐきれいにひかれていた

それは　少しもぶれておらず
その線のたしかさに

私たちは驚かずにはいられなかった

青い青い海のなか
白い波と白い船のみが目立っていた

それから　私たちは泳ぎつづけた
几帳面で真面目なひとに
実直で迷いのないひとに
心より　あこがれながら

II

一本の樹木のように

東の空を真っ赤な朝日が染める頃
わたしは遠く離れた景色を思う
空と同じくらい
赤く染まった大地を思う

西の空を真っ赤な夕日が染める頃
わたしは遠く離れた景色を思う
空と同じくらい
赤く染まった大地を思う

その赤土の大地では
緑のコーヒーの木々がならび立ち　誰かが
こぼしたであろう蜂蜜色の光が煌めいている

その赤土の大地では
眠る子どもの隣で　お母さんが扇ぐような
やさしい風が吹いている

その赤土の大地では
刺繍をするおばあさんの手つきで
蝶が飛び回っている

一本の樹木のように
年老いた男が立っている
愛のある眼差しで
コーヒーの木々を眺めている
もう長いこと　男はそうしてきた

男は幼少期に生まれた国を離れ
地球の反対側まで旅をし

今もなお　コーヒーを栽培し暮らしている
そろそろ　天の迎えが来そうだと暮らしている

男の人生が幸せだったか　不幸せだったかなど
わたしが知るよしもない

ただひとつ
ゆたかであったことは
確かであろう

神戸港にて

神戸港で
貝殻をひとつ拾った

せっかく拾ったので
耳に当てて
じいっと聴いてみた

ええ、あの時の波のことですか
もちろん、覚えていますとも

皆さん、希望を胸に船へ乗られて
港一杯にね　見送りの人々がならんで
勢いよく汽笛が鳴り響く中を

リボンが風にはためいて
それはそれは美しく、賑やかな光景でした
ですから　波の方もずいぶんと明るいリズムでね
船をお見送りしたものですよ

まあ、あなたはあの時の
そうでしたか
どことなく似ているものだと思いました
甲板から海を眺めていた
あの青年の

ええ、覚えておりますとも
横顔がね
とてもよく似ていらっしゃいますよ
そうでしたか
きっと　なにかのご縁でしょうね
あなたとも

あなたのひいおじいさまとも
ね

麦の風

一度だけ祖父の麦畑を訪ねたことがあります
風にたなびく黄金の麦の間を
母が娘のように
駆けぬけてゆきました

その時、右手に握っていた麦の穂のいっぽんを
―それは指揮者のタクトのようにかがやかしく
わたしの目には映ったものです―
母は大切に持ち帰り
リビングの棚の上に飾りました

シルバーの器に　花のように生けられた
そのいっぽんの周りでは

今もなお
ブラジルの大地の風が漂っているのです

辞世の句

そのことを思うと泣けてくるのだ。無念さを感じずにはいられないのだ。

遠い外国に住む祖母は、自身のルーツと重ね合わせ、日本とか日本製などという言葉にたいそう弱かった。大正十五年生れの祖母は、大分県に生れ、その数か月後には移民船に乗った。赤ん坊の祖母が、移民船に乗っている間に、日本では改元され、大正から昭和へと変わった。祖母の言葉の習得は、ブラジルの地においてであったが、そこは今から遡ること百年近い当地、移民の子どもは教育を受けることもままならなかった。曽祖父は、持ち帰った買い物の包みを解くと、包み紙の藁半紙へ字を書き、幼い祖母に教えたという。私は食べ物の匂いが染み込んだその藁半紙を思い、油で滲んだひらがなの一文字一文字を思う。

成人した祖母は祖父と結婚し、六人の子どもの母となった。子育ての後半、祖父の仕事は上向きとなり、祖母も子ども達の教育や自身の教育—とは言っても、祖母のそれはカルチャー的なものであったが—に時間とお金をかけた。

その祖母の辞世の句を私が読んだのは、今からちょうど二年前のこと。日本にいる孫が短歌をやっているという理由からであろう、ある日一枚の紙が私の元へ届いた。私は出産後のあわただしい生活の中にいて、さらにはその紙が、なにやら別のものに紛れこんでしまったため、それからさらに一年ほどして、読むことになった。

それは、祖母が仲間内でやっていた川柳の合同句集によせた句であった。体調を崩し、すっかり痩せてしまっていた祖母は、九月七日にそれを書き、同じ月の二十二日に亡くなった。享年六十四歳であった。

十二句のなかの最後の一句が私には忘れられない。

それは、

ほほ笑みを忘れず今日福を持つ

という句であったが、この最後は持つではなく、おそらくは待つの誤りであろう。日本で教育を受けることのなかったブラジル育ちの二世が、こうした、この世の去り際に残す辞世の句の最後の漢字を間違えるところに、私などは何とも言えない切なさを覚える。何か手の届かないものをずっと追い求め、届かないまま、一生を終えてしまったように思えてならないのだ。だが、それとはまた別の解釈として、福を待つのではなく、福を持つと自身を讃えているのであれば、それはそれで、最期の句としては、誤りでもなんでもない、むしろ拍手で、この作者を見送りたいような心持ちになるのである。

イペー

三月に入ってしばらくすると、私は息子を自転車の後ろに乗せて近所のある道を通る。何かしら用事があるわけではない。ただその道を通るために向かうのである。息子とよく行く公園の道と途中まではそれは同じである。今や覗きこむものもほとんどいない小さな川にかかる橋の上を渡ると、すぐさま左へ折れる。古くからあると思われる、年季の入った家々がそこらに並び建ち、それ以外はいたってなんの変哲もない道である。しかし、しばらくすると見えてくるのだ。街路を華やかに彩る黄色の花が。それは高木にも地面にも同じ程の量で飾られており、私はこれをイペーという名でしか知らずにいたが、和名ではコガネノウゼンというらしい。イペーは南米原産の広葉樹であり、はるか昔、それはまだ私が子供の頃であったが、ブラジルの祖父母の家の近所で幾度となく見かけた樹である。鮮やかに咲く黄色の花を見上げては、地面を染める黄色の花弁を惜しみつつ、私はこの道をゆっくりと通り過ぎる。ふと、気になって振り向くと、黄色の絨毯の上には祖父母の姿があり、こちらに手を振っている。私は頷いて、また先を急ぐ。

銅板レリーフ　I

子どもの頃の家には
玄関やリビングの壁に
銅板のレリーフが飾られていた

絵の種類はあれこれとあったはずだが
大方は忘れてしまい
唯一、リビングの
インターホンだったか、戸棚だったかの上に
ブラジルの、広大な大地の上で
三、四人の恰幅のよい女たちが両手で網を抱え
収穫したコーヒー豆と葉を
振り分けている姿があったのを覚えている

宙に浮んだコーヒー豆が
目に眩しい一枚であった
遠くで雁が飛んでいた

大人になってから
地方のちょっと洒落た、喫茶店の壁に
同じ銅板のレリーフを見つけたことがある
木の椅子に座り、コーヒーを飲みながら
その銅板のレリーフをしみじみと
懐かしく眺めたものだ

しばらく帰っていない実家の壁には
今も変わらずに　あの銅板が飾られていることだろう

母が掃除機をかけながら
時折、後ろを振り返っていたのは
決してそら耳などではなく

コーヒー豆を空に向かって放り投げている
あの音を聴いていたのだと
今なら　私にもわかるのだ

銅板レリーフ　Ⅱ

南の島のマンションに越してきたのは
八年も前のことになる
その時から玄関に飾っている銅板レリーフがある
私の片手ほどの大きさのそれは
不思議なもので、眺めていると
自分もまた　海上の旅人の一人であるような
心持ちとなるのである

辺りを燦々と照らす太陽の眩しいこの一枚は
一人の海夫が—それは帽子を被り、上半身は何も纏わず
ひざ下丈のズボンを穿いている—漁から戻り
一艘の帆舟のロープを引いている様子を描いたもので
ある時まで私はこの海夫のことを

海上を帆舟で漂っている最中だと思っており
しばらく後に、これは漁から戻ったばかりの光景だと思い直した

つい先日のことだが、ある近所の友人にこれを見せると
この友人は海夫を、今から漁へ向かうのだと言うのであった

漁から戻り、いや、波の上に、いや、漁へ向かう……
こんな片手ほどの銅板レリーフの絵にも
さまざまな見方があり、ドラマがあるものである
真実など誰ひとり知る由もないのであるが
何れにせよ、それらが、この海夫の
日常の一コマを描いていることだけは
間違いがなさそうである

葬儀

その葬儀を目にしたのは、今からかれこれ二十年以上むかしのことになるのだが、私にはつい今しがた目にしたもののように、鮮やかに残っている。それは、こんな言い方も実に憚られるのであるが、ある種の物珍しさのためかもしれないし、当時の私の高ぶった感情のためもあるにちがいない。

その葬儀は海を越えた、とある田舎街で行われた。艶光りした茶色の棺には白のレースが掛けられ、棺の前では金と銀のゴシック調の十字架が輝いていた。棺の周囲をぐるりと囲む形で黄色の蝋燭が燈され、その近くにはなぜか袈裟を着た住職の姿が見られた。

棺の中には、頭の上からつま先までを花で埋められた高齢の男が横たわっていた。男は、生前はさぞ美しかったことであろう己の鼻先を天へと向けていた。男は艶のある灰色の背広、しっかりと糊の効いたシャツ、青いレジメントのネクタイを身につけていた。もしもこの男が生きていたら、このままどこかの会合へ出掛け、壇上でスピーチの一つでもしたことだろう。そんなしっかりとした身なりをしていた。

胸の上には固く組み合わせた両手がのせられ—それはお世辞にも滑らかとは言えず、何ヵ所にもわたり傷痕が見られた。手は分厚く、それぞれの指が太く、随分と節くれだっていた—この人物が苦労の多い一生を送ってきたことは、この両手をみれば明らかであった。もう使われなくなった両手がそのように、人生を物語るなどということをこの持ち主は想像もしていなかったにちがいない。

男は生前日本語とポルトガル語を用いて喋った。後者を用いて話す時の方が幾らか自分らしく振るまえる気がしたのは、この者が準二世と呼ばれる、いわゆる幼少期にブラジルへ移民をした者であったためであろう。ブラジルが生地ではない彼らにとって、母国というものが、海を渡ったこの地を指すのか、それとも海を渡る前に住んでいたといわれる日本を指すのかは、何べん考えてみてもよくわからなかった。とても静かな葬儀であった。時折人の嗚咽が聞こえることもあったが、その一方で小さな物音もよく響いた。閉ざされた扉の向こう側で、生前この男が可愛がっていたという猫が鳴いていた。

葬儀屋が手配した諸々の中には男の信仰とは異なるものもあったが、移民国ゆえ全ての信仰に細やかに対応することは出来ないのだと誰かが教えてくれた。なにか間に合わせのように見えるかもしれないけれど、とつけ加えて。間に合わせという言葉に私は驚いた。なぜなら私には、この葬儀こそが男の生涯を表している気がして、実にしっくりときたのである。この男が、私の祖父であったとしてもである。

チャイム

若い頃のほんの一時期
空港に勤めていたことがある
昔からある第一ターミナルと
後からできた第二ターミナルとでは
チャイムの音が微妙に異なっており
私が好きなのは断然、第一ターミナルのものだった

この音をなにかに喩えようとするならば
私にはいつも星の瞬きに感じられる

今はなくなってしまった
ブラジルへの直行便が私の子供の頃にはまだあり
それが発つのが第一ターミナルであった

出発ロビーのソファで飲んだ
ブラッドオレンジジュースの味や
ガラス越しに眺めた
闇のなかに浮かぶ白い機体だとかが
今も胸に染みついている

別れた祖父母がロビーから
長いエスカレーターに乗り消えてゆくまでを
手を振り、見送っていたのだけれど
あれは、もしや上りだったのかしら
今や記憶も曖昧に

それが私の見た最後の姿になったことを
チャイムを聴く度、思い出すのである

ニュース

インターネットのニュースの中で懐かしい名前を目にした。それは海を越えたとある国のとある街のバスターミナルで、私もかつて訪れたことのある場所であった。小さな写真もそこには添えられていたが、白い防護服の者が辺りに消毒液を撒き散らしている姿であった。久しぶりに目にしたロンドリーナの名に喜びを隠せなかった私であったが、このニュースを読めば読むほど暗澹たる気持ちになって、しまいには誰に告げることもなく、消してしまった。それからしばらくして、ブラジルがコロナウイルス感染者数で世界二位になったと知ることになる。二〇二〇年、この年は母が留学生として日本へやって来てちょうど五十年というまさに節目の年であったが、母もまた遠き故郷の様子を暗澹たる思いで見つめていたにちがいない。

御影石の板

墓の右隣には、御影石の板が立てられていた。この一枚の板が、私にはアパートメントの表札かなにかのように思われた。それというのも、墓に入っている者を知らせるのが、この御影石の役割であったからだ。それぞれの名前の刻まれた銀のプレートがこの御影石の上に貼りつけられていた。それによると、新しく墓へ入った者は三名であった。この墓の表にはもう名前を彫る場所がなく、試行錯誤の末、隣に厚さ十センチ程の御影石の板を置くことに決めたのだった。この石板の一番上に家紋が入っていることを私は見過ごさなかった。今どこの国に住んでいようと、どの言語を使おうと、自分たちが日本から旅立った者であること、そのルーツを持つ者であることに、誇りを持っているのであった。日本より海を渡り、ブラジルの地へやって来て、およそ百年という時間がこの一族の上に流れようとしていた。同じ船に乗り、この国を訪れた者たちが、同じ墓に納められていた。それぞれの墓に納まるはずが、昨今のブラジルの墓事情により、同じ墓に眠ることになったのである。

そう思うとき、私にはこの墓が一艘の船のように感じられてならなかった。海を越えてやってきた一艘の船、その家族がこうして一つの墓に眠ることに不思議な縁や運命を感じるのである。

百年前、この者たちは大志を抱き、この国へやってきた。五年で帰国するはずが、随分と長い時間が経過してしまったものである。あと二十年も経てば、この墓を世話する者に日本語を解する者もなかろう。けれども、この一本の松の木が描かれた家紋を見上げ、遠い日本という国へ思いをはせる者も中には一人くらいいるのかもしれない。それはそれでなんだか悪くないような気がするのである。

隣の墓から、この御影石の板を覗き込む格好で、白いキリストの像があった。御影石の板は後から足したものだから、これは偶然出来上がった光景に過ぎない。私はその一葉の写真を母へ返した。南の島の梅雨は明け、ふたたび暑い夏が訪れようとしていた。

旅路

私が初めてブラジルへ渡ったのは一九七五年二月のことである。羽田空港からコンチネンタルエアラインに乗り、ホノルルへ、さらにはロサンゼルスのシェラトンホテルで一泊し、翌朝の便でメキシコのグアテマラ、パナマを経由して、ブラジリアに到着。ブラジリアのディプロマットホテルで一泊し、翌朝の午前便で今度はサンパウロのコンゴーニャス空港へと向かっている。書いているだけでもなかなかの旅路である。到着までに三日以上かかっているのは、初めての長距離フライトが負担にならないように、両親が幼い私を気遣ってのことである。今日本から向かうにしてもやはり一日以上は普通にかかる。日本から見ると、ちょうど地球の反対側だから、もともとが遠い国なのである。この旅行の前年の夏に私は生まれているので、この時生後半年というわけであるが、もちろん記憶は一切ない。そもそもこの旅行はブラジルに住む母方の親類へ生まれた赤ん坊を見せに行くというのが目的なのであったが、当の本人にはその記憶がないというわけだ。しかし記録魔の父の手によって、まこと鮮明にそれらの旅路は残されており、おかげで当時の記憶がない私にもよくわかるようになっている。その一方で、なるほど乳幼児期というものほど恐ろしいものはないと思われるのは、この旅で出会ったあれこれが濃厚に身体に溶け込んで、四十年以上経った今でも、自分の内部から噴き出そうとすることである。いや、もしかすると、この旅の途中、叔父叔母らと共に訪れたブラジルとアルゼンチンの国境を流れるイグアスの滝のように、始終私の胸元を濡らし続けているのではあるまいかと疑うことすらある。それが折々、深夜の私に何事かを書かせようとしているのではないかと。この白い滝は近付くとたちまちずぶ濡れになるという勢いの激しい滝なのであるが、遠目からみると誠によい具合に白くかすんで美しい。おまけに所々虹もかかっていて、風情がある。人々はこうした光景に憧れの念さえ抱くのである。けれども、こうしたものが始終胸元を濡らし続ける人生というのは一体どうしたものか。それはなかなかに厄介なものではあるまいか。至極不思議なことであるが、おそらくそれは生後半年で浴びたこの旅路のせいではないかと私自身は思っている。私が薄紅色の空が好きなのもしばしば物思いに耽ってしまうのもおそらくはそうした理由によるものであって、この旅路にて夥しい雲の中を潜り抜けてきたせいではないかと思っている。

あとがき

『一本の樹木のように』は私の第三詩集です。内容的には『サントス港』『世界は朝の』の続編のような感じとなりました。

原稿はコロナ禍の前に用意していたものですが、さまざまな事情で上梓は今年となりました。このコロナ禍におきましては、いろいろな思いが胸に湧き上がってまいります。しかし、こうした時もまた私達は前を向いてゆくしかないのです。ならば、少しでも光の方を見つめていたい、希望をもっていたいと思います。私達もまた、一本の樹木のように。

帯文は詩人の池井昌樹さんにお書きいただきました。池井さんは書く言葉、書く言葉、みな詩になってしまう稀有な詩人です。この帯文もまたひとつの詩のようです。お忙しい中、誠にありがとうございました。

装丁は今回も野原文枝さんにお願いしました。野原さんにお願いしますのは、歌集『夏の領域』を含めますと、もう四冊目となりますが、今回も絵の中に詩的なエッセンスがふんだんに盛り込まれています。素敵な装丁に心より感謝を申し上げます。

新星出版の城間毅さんにお世話になりますのも今回が三冊目です。移民県といわれる沖縄からこうした移民にまつわる詩集を送り出すことは、少なからず意義のあることではないかと私自身は考えています。沖縄から一篇の詩が波のように世界へひろがってゆくことを願ってやみません。おそらく城間さんも同じ思いであることでしょう。

他にもお名前をあげたらきりがありませんが、私へ励ましと刺激をくださる表現者の皆様へ心から感謝を申し上げます。またこれをお読みくださっている読者の皆様にもお礼を申し上げます。

最後になりましたが、いつも私をあたたかく見守ってくれる夫、息子、猫たちにも感謝をし、ペンをおきます。

佐藤モニカ

鳥の声の美しい朝に

佐藤モニカ

1974 年生まれ　千葉県出身
2013 年より沖縄県名護市在住
竹柏会「心の花」会員　佐佐木幸綱に師事
現代歌人協会会員　日本歌人クラブ会員
日本現代詩人会会員

2010 年　第 21 回歌壇賞次席（「サマータイム」30 首）
2011 年　第 22 回歌壇賞受賞（「マジックアワー」30 首）
2014 年　第 39 回新沖縄文学賞受賞（小説「ミツコさん」）
2015 年　第 45 回九州芸術祭文学賞最優秀賞受賞（小説「カーディガン」）
2016 年　第 50 回沖縄タイムス芸術選賞奨励賞受賞（文学部門・小説）
2017 年　第 40 回山之口貘賞受賞（詩集『サントス港』）
2018 年　第 24 回日本歌人クラブ新人賞および
　　　　第 62 回現代歌人協会賞受賞（歌集『夏の領域』）
2020 年　第 15 回三好達治賞受賞（詩集『世界は朝の』）

詩集　一本の樹木のように

二〇二一年一月十六日　第一刷発行

著　者　佐藤モニカ

発行所　新星出版株式会社
〒九〇〇-〇〇〇一
沖縄県那覇市港町二-一六-一
電　話（〇九八）八六六-〇七四一
ＦＡＸ（〇九八）八六三-四八五〇

ISBN978-4-909366-59-7 C0092
定価はカバーに表示してあります。
万一、落丁・乱丁の場合はお取り替えいたします。